并非不可

鱼跃——著

陕西新华出版
太白文艺出版社·西安

图书在版编目（CIP）数据

并非不可 / 鱼跃著. -- 西安 : 太白文艺出版社, 2024.1

ISBN 978-7-5513-2549-3

Ⅰ. ①并… Ⅱ. ①鱼… Ⅲ. ①诗集—中国—当代 Ⅳ. ①I227

中国国家版本馆CIP数据核字(2023)第240456号

并非不可
BINGFEI BUKE

作　　者　鱼　跃
责任编辑　蔡晶晶
封面设计　石媛元
策　　划　马泽平
版式设计　建明文化
出版发行　太白文艺出版社
经　　销　新华书店
印　　刷　三河市华东印刷有限公司
开　　本　880mm×1230mm　1/32
字　　数　62 千字
印　　张　5.75
版　　次　2024 年 1 月第 1 版
印　　次　2024 年 1 月第 1 次印刷
书　　号　ISBN 978-7-5513-2549-3
定　　价　55.00 元

联系电话：029-81206800
出版社地址：西安市曲江新区登高路 1388 号（邮编：710061）
营销中心电话：029-87277748　029-87217872

孙海军

笔名鱼跃。生于1967年10月，浙江慈溪人。中国作家协会会员。作品散见于各类文学期刊，并入选《中国年度诗选》《诗探索年度诗选》等。著有诗集《鱼跃诗文集》《备忘录》《大地之光盖过所有的忧伤》等。客居厦门。

诗歌作为自我教育

——序鱼跃诗集《并非不可》

霍俊明

鱼跃这本诗集的开篇《在孙家河畔》让我们再一次关注一个诗人写作的原初动力和精神支撑的话题，而在这一场域中显然“出生地”成为每个写作者最为重要的精神出处和身份标识。“孙家河”对应于鱼跃的个体精神史的起点，而这一“故乡”起点会在诗人这里得以复现、重生。质言之，诗人对这一记忆起点会不断予以“复写”，正如《端午后》一诗里贫瘠乡土背景中那个饥饿的乡村少年一样。

对鱼跃而言，更为重要的是这一个体精神史的起点和支撑显现出诗人对“精神叙事”的真实（生活）与幻象（虚幻、假象）予以融合的等量齐观的态度——非单一的沉溺或自恋。正如诗人所说“一个见证过苦难的人 / 幸与不幸 / 都是生活,也是教义”(《端午后》),

而这一融合式的非对立态度无论是对个人性格还是诗歌观念来说都是非常重要的。

一个诗人无论是对于恍惚的旧时光还是斑驳的生存现场，他一定是精敏而多思的，鱼跃自然也不例外。他总是在日常化的场景、片断、动作，以及细节中串联起足够多的神思与想象，总是尽可能多地在诸多物象以及时间化的碎片中返观、辨认自我，以及记忆、世事、命运的诸多可能性——“世间皆有轮回定数”（《雨季刚过》），也总是不由己地试图回到过去的时光与自我映像之中，“坐在时间的走廊 / 尘封的过去，它并没沉睡 // 我照见水中游鱼闪光的鳞片 / 这些接通思想的意象之物 // 哦，一切并没有过去”（《在养真庐》）。这也是为什么“那时”“那年”“多年以前”“往事”“旧事”“过去”“时光”不断在鱼跃诗中频繁复现的深层心理机制和内在动因了。

平心而论，鱼跃的诗歌不乏“抒情”与“自白”的质地，他总是不自觉地承担起低唱者与讲述者的角色，情感、经验、记忆以及想象就在一次次的低唱与讲述中获得了复现与重生的机会，诗歌也因此成为典型意义上的“记忆诗学”。然而，我们试图一次次记忆的正是已然逝去的部分，这必然是令人感喟和叹惋的。实际上不止鱼跃如此，我们很多人都正在经历着新旧两种时间与空间（比如前现代性与现代性，比如乡土与城市）的剧烈转换与对冲，与此相伴的情志、态度甚至世界观也都在发生巨大变化，伴随这一过程产生的正是普遍存在的纠结、拉抻、焦虑，以及尴尬、虚无的精神处境，“它们将一并进入黑暗的门／我奔腾的梦啊／原来全是我堆积的虚妄／黑夜来临，我想要揪住什么／这些迟疑的形影／落在荒凉里，我沉沦着／在无可奈何中，看见失去”（《夜晚之前》）。

对鱼跃而言，诗歌犹如一场不断加深的自我教育，而诗歌作为一种特殊的精神生活也在代替我们存在或发问。在这一过程中，现实境遇与精神世界时而平行又时而交叉，由此诗歌作为一种特殊的“理疗器”也就补偿了我们在日常生活中的种种缺陷与不完满，它一次次舒缓我们紧张而又疲惫的神经，一次次把我们带离日常生活的地面，进而得以端详既熟悉又陌生的生活现场。

随着“中年”影像的不断堆叠、加深，鱼跃的诗作也更多显现出沉静与释然的成分，当然仍有孤独、虚无如影随形。与之相应，鱼跃的诗歌质地也越来越沉稳,诗歌犹如根须静静扎根在大地之上和岩层之间。诗人带给我们的也犹如晨曲和夜歌，它们带给我们更多的是对自我渊薮与周边世界的反复掂量以及深沉自省，而非高声地说唱和喧叙。

“鸟声”“茶”“潮水”与“夜”（黄昏、暮色）作为核心意象和场景反复来到鱼跃近期的诗作之中。

我现在就说说
站在清寂房顶上的那只鸟
不远，但形影模糊不清
它时不时地欢叫，更像哀鸣
或许，有很多理由
我们都可以在一起
你可以来我的庭院
可以吃我备上的食物
可你没有，你孤独地在叫什么

我没听懂

但当我仔细回味辨别

悄然间我略有领悟

——《如果》

世事沧桑话鸟鸣，诗人心事付流水。诗人选择在什么时刻与什么事物进行对话是有深层动因的，是经过了反复而认真地筛选与甄别的结果。由此，鸟鸣、茶、夜晚、潮水等这些并非无可无不可之物，而是生命与事物之间互相发现和打通的过程，也是百无聊赖的精神自我获得一次次启示和证悟的过程，“仿佛这一生从未觉醒过 / 此刻，壶水沸腾 / 我内心傲骨的一部分 / 在松懈下来 / 壶水在化汽而逃 / 嗯，我体内的郁结在消散”（《冬日午后》）。

肉身在静坐，精神在逸飞、云游。身外无物，唯有精神世界如潮汐起落，镜子的时间里多出了一层灰烬。

对于鱼跃而言，诗歌作为自我精神教育与灵魂修习犹如茶叶缓缓沉到杯底，犹如诗歌回到低音部，犹如诗人踱步到午后林间，犹如清风廓清身边的迷雾，犹如明月升起在一个人的窗外，犹如秋风中的叶片在红色的屋顶上开始盘旋飞落。

写诗，也正是为了在时间的深井中获得一次次的回声，而自我教育也经此而不断淬炼、淘洗、磨砺。

2023年圣诞节改定

简介：霍俊明，河北丰润人，研究员、编审、中国作家协会《诗刊》社副主编，著有《转世的桃花：陈超评传》《显微镜下的孟浩然》《雷平阳词典》《梦的对岸》《诗人生活》等专著、评论随笔集、诗集、散文集30余部，译注《笠翁对韵》，评注《唐诗三百首》。编选《百年新诗大典》《先锋：百年工人诗歌》《天天诗历》《诗日子》《中国工人年度诗典》《在巨冰倾斜的大地上行走》《诗坛的引渡者》《中国年度诗歌精选》等。

推荐语

鱼跃的诗，常以自己的视觉观察和解读现实的种种，并在其中努力捕捉诗意的表达。他像是把生活的负重放进一只气球里放飞，尽量保持轻盈之态。在这个过程中，其实是在净化和放飞自己，并且与世界恰到好处地保持了一种隐秘的距离。

——梁平

《并非不可》，诗人鱼跃将瞬间的每一个自我匍匐在尘世中，向我们发出了诗意的召唤与深情的魅惑。这本诗集，既观照外物，也揽镜自语，既呈现用心之大，也颇显触角之微。在小心和大胆，入世或出神之间，《并非不可》书写出了投名状的真诚和紧箍咒的力度。

——张二棍

鱼跃的诗歌就像他的名字，是自我情思在语言湖面上的一次纵身，他一会儿凭借个人经验，在现实的汪洋中恣意畅游；一会儿依托传统或古代经典中的意象，踩着荆棘铺就的小径，将走远的“我”重新装进“回忆”中的肉身，从而赋予这些意象现代的隐喻。

——王单单

鱼跃的诗，语感独特，审美细腻，自由而又有节制，灵动而不失大气。叙事，抒情，状物，结合得恰到好处，来自生活又能超越生活，将生活感悟成另一种现实，在真与幻里展开诗意时空，游刃有余，又包含着细微的值得反刍的魅力。

——俞强

目录

在孙家河畔

我知道天空在大地之上
装着亘古的星云
我的心境，像流云
像刚蓄不久的一池清水
我小时候的家
搭在阳光下的河塘边
我常凝视，落在水中的世界
我的梦在家乡的孙家河
星云在水里轻晃
像柳叶的方舟
还有高歌的天堂鸟
这是我最贫瘠的日子
也是我最富足的日子
河水如镜，泛着片片金光

并非不可

我长大了，深信美好的生活
需要一种虚幻补充
是的，那些倒映在水中的假象
可以遮住我们的不如意
是的，艰苦难熬的时光
在虚幻倒影里，变得淳朴可爱

花梦

在窗外看花，时光是旧的
两只彩色的飞蝶
其中的一只想必是庄周的
但另外一只呢

在窗外闻花香，用暖阳做调剂
旧梦里的容颜，仍在经年之前
其中有一张是英台的
但另一张呢

我游走在花丛中，略有欣喜
但也有一些纠缠着的哀愁

我叹时光停不住

那个与你一起走过的春天

如今这春天再也没有来过

端午后

那时候，贫瘠的土地
种植着贫瘠的思想
洪水，干旱
灾荒连年
饥饿者，并不是懒惰的人

那是不会忘记的年代
在可怜的日子里做梦
肥沃的土地，稻谷飘香
一个乡村少年
手捧饭碗狼吞虎咽
醒了，还在用力回味饿醒前的滋味

那些日子已远去

杨梅刚红过，又到端午

粽子，鸡蛋，盛宴

如今的你已不为食欲所捆绑

一个见证过苦难的人

幸与不幸

都是生活，也是教义

六月

让我们说说六月吧
漫山红遍，杨梅
枝丫上红红的回忆

故乡在连绵细雨中
我在酸甜的梦里
有好友从远方赶来
聊起一首读过的诗

那只竹篮子
放着我的好日子
一半装着杨梅
一半装着诗

这是沸腾的六月

我们久别重逢

我们互道再见

诀别之夜

那是个春天的夜晚
一条小路，旁边
小河，田野
我在迷雾里丢掉了天真

风轻轻地吹过
你我青春的脸庞
蛙声，虫声
如此清亮的夜啊

时间回到过去，那时
在一条洒满月光的小路
我松开了紧握你的手

这是命运交错的时刻

我做错了什么？

那一幕还在那里

嗯，你的确

曾经来过我的命运里

那个月色朦胧的夜

我丢掉了什么？

难道只是青春？

所幸记忆仍在我心里

丢不掉，亦有迹可循

杨梅红了

窗外，六月的雨
淋湿了杨梅，淋湿了世事
风雨带走阳光
徒留鲜活的部分
我扶一把立体的光
打开上山的通道
杨梅在半坡随风摇曳
世事如同杨梅
当然，我们多半要它的甜
那么多人为了获得
常起贪婪之心
我也贪恋美的事物
此时，我再也不想去远方漂泊
我知道适合我的
正是土地上的这番甘甜味道

夜晚之前

一阵风从我身边
掠过，消失
岸边，芳草青青
几只晚归的鸟绕过红色的屋脊
那夕阳的光
挡住了它们前行的路
周围的一切迟缓下来
平滑如绸的河面
倒映着几座高楼
像隐形的戏台
又像是一件件戏中的袍子
此时，城市还不安分
时不时地传来汽笛的声音
这是梦境中的桃源江

哦，那些多出来的声音
打扰着我闪亮静逸的生活
倚着最近的一道光线
再看那风，那水，还有红花绿叶
它们将一并进入黑暗的门
我奔腾的梦啊
原来全是我堆积的虚妄
黑夜来临，我想要揪住什么
这些迟疑的形影
落在荒凉里，我沉沦着
在无可奈何中，看见失去

雨季刚过

墙外，石榴花开着
那涌动的红
玫瑰一样富贵
是的，但它就不是玫瑰
像我卑微的出身

我忍不住地瞧着它
它被风吹着
我轻舒了一小口气
仔细辨认，它与
另一些植被交融在一起
是啊，你看
那么多静谧的芽苞

哦，去年的这个时候
我也在这里见过它
它还是那么红
在我老屋的西窗
猛然间，我有所醒悟
世间皆有轮回定数
去年的花又开了
莫非，这就是
前世今生的写照
或许，你我今生相遇
就是重续前缘

那时的爱情

那时有人把爱情种在
——麦田 油菜地
我只知道村里
有春兰 夏荷 秋菊 冬梅
爱情在哪里
一群小屁孩玩着过家家
——能懂什么

那时的月亮 格外宁静
爱情流露在月色中
黑白的街巷 种不出七彩的爱情
爱情在紧闭的草房子里
晒谷场不一定是晒谷的
——有时候晒爱

哦 有人常在橙色的月光下晒爱

我们看不懂大人们的游戏
只记得罩蜻蜓 捕蝴蝶
采朵喇叭花
又怎会知道 把野花送给爱情

此刻我在回想
这些在事物中隐藏的爱情
她们并未走远 而是越来越清晰

尘埃里的标记

我敲打春天的花海
如织的飞花
遮住了天空的眼睛

我们在桃林聊着那年的花事
你们把爱情无限放大
都说过去的桃花更深更红

沉默如同那年
你说，你有一封戳着桃花的信
但至今尚未打开

盛放的季节，并非已经陌生
戏文中的书生没有中得状元

而落花早已嫁他人

青春的疼痛，偶有发生

在春天，在这相思地

我想起这般幽香的桃花梦

是否真有桃花信

就像到底有没有爱情一样

晨曲

一

春天的早晨带着花香

一枚鸟的羽毛

像一把梳子

清扫着蓝色的天空

这蓝白相拥的天地

这珍贵的颜色，如上帝的礼物

这吉祥的图案由远而近

徘徊在我不深的庭院

二

泡了一杯去年春天的茶，热气氤氲
时光并非空白，那氤氲也有重量

茶需要慢慢地去饮，仿佛唯有这样
时间才会变慢，心也会变得柔软

让日子过得温情，在蓝色天空下
煮一壶茶，点支烟
这嗅到的香，温情漫卷
哦，这就是我的日子
清白色的早晨

三

人生多半是在忘形中度过

这早晨充满诱惑，鸟语花香

过了半辈子，应该学会修补自己了

泡久的茶已淡了下来

这淡正适合我

是的，我已不想再去

撞击不属于我的生活

我麻木了吗？但我还有一时的热血

四

我欣赏到的晨曲，是一地珍珠色的风
是水晶般的叶子
它们贴地而行，闪着光芒
鸟叫声划破虚静的晨光
仿佛在告诉我们
一切尚存，春色如此撩人……

阳光岁月

久雨初晴，乍暖还寒的日子

阳光那么灿烂

我不愿荒废，恍然中的美好

一个人，一杯茶

任岁月划过布满深皱的脸颊

一个人，一本书

笑看埋在纸页里的将相王侯

一个人，一个太阳

足够奢侈了

或许，生活在另一个

场景中更可以去放纵

比如在骚动的酒意中寻欢

或狂赌一座泥浆的城池

而我在你们不在乎的失地

这时太阳正晒过窗台

像一部开动的理疗器

我的筋骨开始松弛

而我还在千年之前的宏伟诗篇中朝圣

我还在为书中的偶像枉自嗟讶

喝茶

我爱上茶

就像爱上我的生活

浮华世事，生活负累

藏于他们心里的那一杯

总是无法在需要时端上

如此世间，真实在偏移

我们的味蕾

在浮华盛宴里渐渐迟钝

分不清茶叶还是树叶的时代

我像失航在大海里

我渴望着有一杯新茶

是的，我正端起一个春天

嗯，那芬芳的香气

如同拥紧时的花前月下

四月独醉

此时，落日的药丸连同往事
被深海一饮而尽
那酒中，星月依稀
辉灯四射
莫非醉眼满是潇湘
那阁中夜风
想必瑶瑟还在生怨

静夜深深
月上中天，纤云几卷
空夜独陪我
星天外，我在落寞的四月

我在暗度沉夜

在修俗念不生的法门

清明之夜

四月如此醉人

难得的云水禅心

此时仍无眠，笙歌早已散

月亮

月在半空中
我凝视着她
猜想她芳龄几何

看，整个村庄披着银色
我的心，将要被她擦亮
嗯，她停在我故乡的天空
她落在波光粼粼的河水里

她在空中奔走
朝着我的方向

她来过我的城市，村庄

因这一夜的明亮

让我忘却了烦恼

却徒增了我那么多的怀想

晚秋的傍晚

我的窗外，是阴郁的晚秋
夕阳将要归去
我先拉亮堂灯

你看见我的形影
紧贴朦胧的帘子

我在瞥视外面的世界
寂静小院
那棵罗汉松的下面
并蒂开放的三角梅

我想走近花朵
让欢愉感驱散我心房的抑郁

可是，属于我的这一朵

它要谢了……

这是晚秋，这是黄昏

这是我舍不得的花朵

妩媚，又那么楚楚可怜

此番情景里，世间

必定少了一个铁石心肠的人

秋吟

当一轮圆月
被包裹进花朵般的云层
我拆开一盒月饼，另一轮
月亮露了出来
此刻，天心月圆，霜枝凝露
我站在辽阔里
端起酒杯
李白、杜甫他们去哪里了
还有王维、张若虚
想到这里
清贫的月光黯淡了一半
我留白的情绪里
又陨落了一些星光的碎屑

中秋，与月对饮

这样的激情时刻
让我们对饮如何

你照着我的寂寞
所以我从不怀疑
你一定不会失约

然而，人间相聚别离是常态
或许，你隐约地退场
是为了储备更多的深情

嗯，每一场再见
你我总是那么依依不舍

在养真庐

在这里，一座斑驳的宅子
木门白墙，素面朝天的样子

我走进去，这个思想者的大海

坐在时间的走廊
尘封的过去，它并没沉睡

我照见水中游鱼闪光的鳞片
这些接通思想的意象之物

哦，一切并没有过去

跃然纸上，被复活的花鸟

像他为这城市抛下的锚

我是个仰望者，也是个守护者

喜欢看这夜里最闪亮的星

幻境

时光旋转，眺望中的我
在虚设的幻境里

时光是什么
我看见了，你们也看见了
我的列车正经过
色彩斑斓的村庄　田野……
也许，我正经过天堂

我的去路不是通往太平洋
溪水在潺潺流淌
鸟儿在飞翔，白云在飘荡

我乘着时光的列车

绕过古老城堡，修道院

这里住着爱

住着圣母的雕像

这一切都在我喧嚣的心里展开

嗯，如此世俗世界

我想赞美……

我爱着的幻境，我的生活

暮色下

一

暮色苍茫，车水马龙
回家，我没打旗号

左转弯，顺着落日的方向
我的家在日不落的上面
离西风不远，距蓬莱万丈

二

今天冬至，与平时并无两样
阳光单纯的柔和
直到暮色降临

我发现悠然的大地上

房子外，四周的景色

结成了暗郁的死相

三

这是黑夜与白天的交会时刻

他们说冬至的夜最是漫长

我就有意识地去仰望天空

遐想今晚的广寒宫

吴刚，月兔是否特别可爱

今晚的天宫夜也漫长吧

应该像人间吧

这些无形虚构的审美之思

我觉得很好笑，但我一直相信
相信天堂确有故事存在
我看见过一支银钗
在奶奶、外婆和妈妈的头上
在姑娘的秀发里
这应该是嫦娥给予人间之物
有人说另一支银钗给了天空
成了你看见的银河

迷茫中

当失控的情绪

像细条纹的信号源

在一条没有具体方向的航道里狂飙

我盯着它

穿过人群，街市

像一阵风

穿过一个隐形的世界

尘世如此喧嚣

我别无选择

迷途中的我

风掠过我的耳际

我像那粒飘零的尘埃

混沌不开

不知觉醒，也不知终点

夜行记

星星的火影

划过梦的黑夜

月光飘洒在乌金色的海面

一场风暴在前移

一阵阵劲风吹着我

这看见的，看不见的

我忧患的心啊

那残缺的，完美的

她们紧挨着我

是的，我无法自主

只能就此，漂泊，旋转，沉沦

在窗子边上

华灯初上，我守在窗边

窗外，一辆旧马车

掠过，连同穿梭的车噪

与我模糊的影子

哦，窗外，有烟火也有搏斗

而我坐在安静的窗口

翻书疗伤

我在一本书的故事里

你在浩荡的大海中

花白斑点的鸟爪

点缀在窗台

像雪花状，像涂抹着的画

这或是来自天堂的密语

窗台，搁着曾经来过的梦

是啊，窗外的春天

花又将落去

不浅的尘世啊

我的梦像打开的窗子

醒着，一直醒着

夏说

整个下午

我搅在

白茶、红茶之间

时光寂静无声

一只苍蝇

唱着民谣

时不时地过来侵扰

占据我清静的领地

这些天受副热带高压影响

那台电扇，醒着

那动静，像交响曲

吹着一个百无聊赖的人

但吹不走空寂

吹不散一个人的无聊时光

冬日午后

溢出那么多忧伤
去一间木屋
围炉煮沸一壶的沉重
哦，这是冬日
我蹲在一张生活的网里
昏沉，迷茫
仿佛这一生从未觉醒过
此刻，壶水沸腾
我内心傲骨的一部分
在松懈下来
壶水在化汽而逃
嗯，我体内的郁结在消散

初雪

清晨，江南的小城
被一场初雪覆盖

我在纷纷扬扬的雪里
为你弹一琴曲

苍白清冷的世界
我却这样热烈

天地好安静，我单薄的身体
与雪白的事物融在一起

我听到一种声音
是雪的声音吗？

那是我清凉的心

贴紧在苍茫土地时的回声

去了又来

小鸟在飞翔
白云在飘荡
日光穿过摇曳的树枝

鸟儿传来自由的声音
起舞弄影的心
——这样才肯罢休

它们都在飞
在时光面前我怔住了
佛说，除四相
唉，我执着于妄念
总会乱了方寸

我有许多的惑

飞去又飞回

我按捺不住，一颗流云的心

多念菩提，能降伏其心否？

——不可以

住法，不住空，而我无明

——不可矣

是的，住法相者，怎可见如来？

思量何来，纷扰何来？

这样，那样

——是那颗不肯舍的心啊

鸟声

这是你流露出的表情
你想告诉我什么？
是谬论，还是谎言
这样，你想证明什么
或者掩饰什么？

现在你又在沉默
继而又自言自语
我没听懂，窗外除了鸟声
还有信以为真的谎言在蔓延

如果

我现在就说说

站在清寂房顶上的那只鸟

不远，但形影模糊不清

它时不时地欢叫，更像哀鸣

或许，有很多理由

我们都可以在一起

你可以来我的庭院

可以吃我备上的食物

可你没有，你孤独地在叫什么

我没听懂

但当我仔细回味辨别

悄然间我略有领悟

红尘陌路终究空梦一场

我看见你飞去

消失了你的身影

然后是你的声音

消暑

这是八月的一天
几个老友围坐在一起
畅谈黑长桌上的时光

早已不在的邓丽君，还在唱
“何时君再来”

现在的歌手很出名
但我不愿接受
他们的怪异与轻狂

我们已是老家伙了
旧时光里奔腾的少年不见了
现在只会虚度时光

看，这腐朽的思想

像我手里将要熄灭的烟头

然后，丢入残缺的灰缸

夜宵时分

南二环东路适合流浪的人
适合一群失眠者
笙歌可以唱醒无眠的人
我在想老舍笔下的《茶馆》景象
朗月映照，客问“有酒吗”
这是吆五喝六，香辣充盈的地方
酒精，让我们都无视对方的存在
这晚，月光如幻
我还在沉沦，沉沦着
像街道上多余的暗雾

无法描述

闲暇时，就去散步
来到恍如隔世的旧巷子
在小桥深处
我低着身子溜进去
一群沉寂的人，蜷缩着
这些自以为是的人
无端虚度耗尽年华的人

他们在想什么，在等什么
我看不懂世事，也无法描述

我只是个拍拍肩膀的记录者
一群不问时间
只问何时发财的人

一群只知道吃喝玩乐的人

上帝说，不会拯救他们

命该如此

他们是自甘堕落不可救的人

夜风吹来

冬夜，有风刮进窗户
钉入我发凉的肌肤
那就把窗关上吧
我不想去感受生活中的苦境
就躺在床上
看白墙上的无影电视剧
主人公在夏天
热恋像场梦里的暴风雪

一扇窗，一扇门
里外两个不同的世界
我深夜独醒
梦里的风吹在世外
那里一片闲云，一只野鹤

从白天到晚上
人生就像从地下室到楼中楼
就像春天与冬天
貌似只有一时之差

我毫无睡意，却佯装睡去
浑浑噩噩中
梦里的风吹了整整八百里
当我醒来，岛上薄雾轻漫
瞬间，我看见金色的光芒
哦，这是我的天空与大海
它们给出的反光
正好补我一句漏掉的诗行

就那样过去了

我们的生活搅在
晨光、夕辉、星星和月亮里

生活的支撑点：
一碗豆浆搭上一根油条
一个男人配上一个女人

豆浆的女人，油条的男人
他们在神秘地带
描绘燃情的亚当夏娃
支出时间和爱的日常开销

时光在渐移流过
在旷世的风物前，那个生活者

还握着那张青春期的车票

显然，最美的风景也会过时

是的，那些

我曾活过的岁月在渐渐老去

探病记

——去浙二医院访伟群兄

你软弱的身形
在一张白色的病床上
让我忍不住心生凄然
如此不堪的六月

一条白色软管
插入你的身体
或许你正在做梦
你的梦，也瘦得叫人心慌

回想过去的五月
微风吹拂，花香馥郁
我们喝茶，钓鱼
可是人生，快乐一小半

苦痛一大半

你病床上的身躯

骨瘦如柴

像是爱德华·蒙克

《呐喊》的画像

现在你闭着眼睛

一定是在做梦吧

你在凡·高的《向日葵》里

兄弟，憧憬未来的日子吧

“忧郁的日子里须要镇静

相信吧，快乐的日子将会来临”

困

穹顶上，没有泥石流的花园

他们躲过闪电，雷鸣……

他们后背，是否可以躲过

那支上了膛的冷枪

但作者总在纠缠

这是莽夫常犯的罪孽

哦，诡计如重叠的乌云

一些冷眼与聒噪

一个正义者

正踩着他们变色的尾巴

矛与盾

我，一个无法安静的我

既不甘于寂寞

又不喜欢独自一人

我不想久待于一个人的旷野

也不想待在喧嚣的人潮里

我是个矛盾的人

徘徊在放下与放不下之间

许多个我

没有人问我，我是什么
如果问，答案肯定不一样

我只有一个我
难道还能有许多个

亲爱的对我说
我是这世上最坏的一个

我问我儿子
他说我很民主
只是生了一根多余的舌头

随活

这是个熟悉的老地方

电脑里放着贝贝的摇滚

这边的电视上

韩剧里的恋爱方式

大呼小叫，瞪着横眉大眼

我听不了原声版

我只看些接吻了，同眠了

哭泣了，分离了

我知道他们在演出

我也知道什么是虚情假意

但我却为之着迷

享受着幻境给出的时代香气

不同世界

现在他们又在一起
仿佛时光剪不去旧影
我在斜阳映照的房子里
他们静静地各自低头
临帖的那个人，落在唐宋的世界
上网的那个人，徘徊在虚拟的路口
搅和他们的香烟和茶
我们在不同的世界里穿梭
时光正悄悄地
无故赠勉我们不同的场景
是的，我已分不清
该做什么，或不该做什么
我驻扎在自己的情绪里
抛不下，扔不掉

我在虚境里，重复着

认真过的旧梦

刀

李白的刀
斩断流水，斩断愁怨

佛主的刀
斩断了众生所有烦恼

夫子的仁义之刀
能斩断一切邪恶

那把影子的刀
在世间存了多久

我们没有刀
而我们都曾经被红尘的刀砍过
也曾砍伤别人

在独处时

一

我静静地坐着，默读
透明的房顶
我又在异想天开
一只灰鸟，它的叫声
经过我受困的时间

我静静地坐着，坐着
我吸烟的次数也在增加
尼古丁，焦油
是否可以，熏死多余的念头

我静静地坐着，坐着

除了煮茶，抽烟
我数着煎熬的日子
辨识灰鸟飞过的轨迹

我静静地坐着，坐着
在想象中
打发寂寞的时间

二

鸟，依然无拘无束地飞翔在天空
这是非常时期
我陪着它们，它们陪着我
这些调皮的小家伙

横冲直撞的声音

无视这世界的悲伤

是啊，鸟儿是快乐的，自由的

但我们受困的心

像那只笼中之物

事故

一

这个夜晚，没有声音
天，呼呼地黑
空荡中的两个人，对坐闲聊
灯火照亮整个厅堂
照亮所有看不见的黑暗

暗郁不明的物质是没有预料的
它潜伏在忽明忽暗的灯光里
我来不及避开这晚悲剧的发生

二

那时我们正在聊一座山
聊到龙井村的茶
说姑娘采摘的春茶
说好茶只给懂的人

我们用心煮沸了一壶白水
把那些清绿的茶瓣
放入黑暗里洁净的玻璃杯
叶子在旋转，我在看一场
杯中风暴
想试试它……
大山到底隐藏着什么味道

我们反其道而行

用不炒不晒绿芽儿

芽瓣在水中轻轻地荡漾开来

这是什么味啊

是失眠人的清醒剂

三

我正要靠近，嗅它的芬芳……

玻璃杯突然碎了，苦涩飞溅开来

烫开了我的道袍，右腿的部分

哎，这是什么味儿

芽瓣散落一地，地板上

黑暗在颤抖，发生这样的事

这的确很诡异，人生就是如此

我们活在爱与痛的边缘

不知道下一秒会发生什么

无常亦有常，是的，这就是生活

镜子里的灰烬

一

我已不相信我的耳朵，眼睛

我在失去我的辨识能力

你我深陷困境

泪水还是雨水，我分不清

这是愁绪与黑夜

交织在一起的时候

二

你的突然出现

让我知道

空气可以是文字

它可以放进

我小小隐秘的史册上

三

这个时候，我有点累

我不想出门

也不说话，想着

一座城，一条江

和你穿着盛装的春天

四

世间无常，这是揪心的事

有人又在歪曲事实
如邪魅，我们防不胜防
嗯，看谁有三头六臂

五

每天有人诞生
每天有人离开这个世界
如果无缘无故的人死去
我们会不会不屑一顾

六

我懦弱的心

脆弱的皮囊

不敢想，疾病

不敢想，死亡

我们都要好好地活着

七

我不爱看戏

但人生确实如戏

我们都是剧中人

八

人生好难啊

雨水季过了

我期待着惊蛰

春分的雷火

九

有些再见可以再见

有些再见再也不见

四季可以轮回

草木皆可复生

人生像镜子里的灰烬

一个转身，你已再也不见

我在等花开

我向花开，花向哪开

他们说花开见佛
我在等花开

这春天的早晨
花潮涌动起来
嗯 我等
我清澈明亮的心地

佛在哪，我没见到……

佛说：心存焉者，不可见……

旅行

一个人一种命
你是你，我不是你
你成不了我，我也成不了你

我们都在各自演一场人生的戏
无论喜悲，无论主角或配角……
然而，我们都将老去……

码头

靠着码头
我坐在海的旁边
鸥鸟像只迷航的船
海天辽阔
它貌似忘记了靠岸
也许，它没有找到停泊的码头
这阳光的海边
我灿烂地叹息
大海晃荡
如同我的生活
有热烈和汹涌
也有身后坚实的倚靠

黄昏的海边

霞光如金

美丽的礁石

镶嵌着银子的螺贝

椰林的形影，斜垂在海面

悠闲的人，看碧波荡漾

那片被白鹭划破的天空

又被光线缝合

我抬头，海的巨镜之中

椰林随风舞动

这是一座近岸的岛屿

流沙中的一只酒瓶

灌满了海的畅想

不远处的码头

迎空而立的厦门双子塔

它像一艘巨轮的风帆

它要带我们驶向哪里——

哎，我还在望洋兴叹

对岸，也是祖国的一部分

潮水

潮水走了

月亮消失了

鱼虾一动不动地落在沙滩上

鸥鸟盘旋在半空

一只贝壳翻了个身

盖住了空落落的一片海

潮水退去

月亮啊，你要去哪里升起

大海，你去了哪里

鱼虾要葬在哪里

我听见有人在一起呼喊它的名字

风在颤抖，沙鸥在缩小范围

我抱着一棵椰子树

看远方的大海

正被飓风卷起

码头边

汽轮船驮着归航客
汽笛声划破沉睡中城市的宁静
月色在潮头里翻滚
此时，渔港码头的夜
灯火辉煌，人声嘈杂
一个耐不住寂寞的人
仿佛要把这里当他的归宿
这一刻的烟酒
让他找到虚幻的勇敢
这夜啊，充满诱惑
欣然间，酒意正浓
他自语，归来兮，归去兮

在海边的西餐厅

这是南方，海边的酒店
早餐厅面朝大海
绿树红花的走廊
升腾着一道霞光的雨幕

四季如夏的南方
海风轻吹着
餐厅里那个沉思的人

不远处的沙滩有人在喊海
唤来阳光里的鹭燕

一起分享吧
我有鱼有虾的早餐

餐厅里你来我往

扬声器里叫号着英式歌谣

这晨光，我要它再静一点

无题

我有些困倦

潮声卷着我

我在辨识

这夜空之中

如此多只

夜蛾的眼睛

像星星……

宽海吟

此时，我奔跑在沙滩
我们喜欢什么
这席卷的海浪
轻打着一群赶海的人
为什么你不与大海搏斗一次

我抬眼望见的蓝
是我脚下的一枚贝壳
沙砾深情千般
粘在泳衣上的一粒沙
闪着最惹眼的欲

平躺于沙滩，潮声如歌
我被万千沙粒掩埋

我要自由，我要让风把我扶起
牵着你奔向海洋

海，系着神奇的云雾
这是我膜拜的宽海
你不要老啊
正像这海滩不要黄昏
我喜欢那只在天光里
旋转的年轻海鸥
哎，我沉笨的躯壳啊
已禁不起惊涛骇浪
现在我需要平静地活着
我祈求下一阵风
把我带出俗世吧

嗯，我的心

不再是汹涌的海浪

候机

现在她

又在喊晚点了

机场播音员

急促的声音

像哭泣

更像小夜曲

此时，我的目的地

已是夕阳西下

那里的云海

正溢出金光

远方

我到了自认为的远方

北回归线之南

白云飘荡

鸟儿飞翔

美丽的姑娘在歌唱

站在神往已久的西双版纳

我是乘着江南的雪花而来

我不知这样的日子

是冬日还是春光

眼前是风情的碧水

姑娘柔软的秀发

我怀想泼水节中的情结

这眼前的澜沧江

河水泛滥如同情欲高涨

我在傣族的竹楼里

静静地喝着普洱

我仿佛有点醉了

看见许多色彩斑斓的羽毛

那是密林中孔雀的衣裳

当我们到了远方以后

远方似乎退到了更远的远方

危途

阳光下，风声呜咽

空气中弥漫着许多魔法的爪子

太阳为什么生了红锈

（太阳在变红变大）

河流被什么玷污

这些狡黠的事物在飘动扩散

如此，光线阴暗不一

这摇曳的微光

洒在不堪的土地上

好一半，坏一半

我们在被迫接受

我寄予希望的青山绿水啊

快来，再来人间

孤寂的奇石

沿着丝绸之路，茫茫沙漠中
一些孤寂的石头
它们散发着亿万年的光芒

万千次的轮回，所有的生命
在一次次的巨裂中诞生

那块沙漠中的石头
它或许来自另一个遥远的星系
它们任狂风厉沙的刀，打磨成型

我柔弱的一面
无法切入这些石砾
最深处的痛点

就像我只知道你春风浩荡
而并不知道你一路的艰辛

这些超自然之物
它们形色各异
如今落在我的橱窗里
安静，又那么诡异

愿望

你锐利的眼睛
能刺穿事物的反面

你的眼睛，何其多的毒
那毒，能渗入乱世的肌肤
毒死伪装的影子

你的眼神啊
又如此悲悯，如此深情
你信奉太阳的光芒
你回避着阴煞苍凉的泡沫
将光线伸向孤独者洪荒的宇宙

祈祷

想睡出个好梦，却又醒着
就下载《大悲咒》，愿离苦得乐

在喧哗声中，众生
落在一只魔法的盒子里

在慌乱之中，渴望
星月通明的神话——

寒风还在不停地吹来
黑暗中我点亮蜡烛

朝着胸中的信仰
我双手合十，默语——

教堂以外

一

雨夜，编织着教堂的钟声
唱着赞美诗的秋虫已经死去

带着隐忧，一些颓然的雨
淋着黑纱般的植被
风在转弯
它们将吹向哪里

风，吹不散昨天的梦
往昔的热血
还在冲动，还可燃烧

二

这么多叫人伤感的落叶
哪一叶是飘荡的自己
哪一叶是可以渡我的扁舟

弥漫着的香气
从三棵树上散下来
月光在秋尽的蓝色半空
我喜欢秋风敲打钟楼的日子
一遍两遍三遍……

轮回

雷峰塔倒了，一个人会怎样
一个城市遭遇了什么
它震塌的不只是她的故事

倒塌并不表示她已不存在
有些事情会一直产生回声
倒下的是砖石
但空门永远存在
只要你肯觉醒
现在，它又重新矗立
但也只是迷途中人
误认为的风景而已

失而复得，是的

它的另一面

在回答过去的灰暗

如果你是觉悟者

看到的就不只是风景

而是永恒的清静与明亮

众生从不认同虚无的本身

所以无法理解倒塌后的雷峰塔

但所幸仍有信仰者

在此长跪不起

无题

黑暗，并不是最后的路

它正在聚拢力量

未来

我不能忽视

每一次的沉默

或许更能

辨认出某种隐藏的无限力量

变迁之城

那个诗人，像一只蝉
叮着一棵行道树的树干
吮吸着城市的忧郁

他曾深藏在一座旧时的都城
辗转于北京路，人民路
也曾沐着春风，迎着朝阳
接受着闪电、巨雷的重复刺入

后来他走近我，说在写一部变迁史
他怕失去它们，一座桥与另一座桥
一栋楼与另一栋楼
一棵树与另一棵树

他说，这是他生命

结构里的组成部分

4 月 16 日记事

这一刻我们为之难过，懊丧
那是 2019 年 4 月 15 日晚上
是谁走上钟楼
敲响了世上最悲惨的钟声

一盏点了八百多年的灯灭了
今夜，塞纳河上的天空在哭泣
雨果说：阳光越亮，阴影越深

可见，这是一个令人心碎的日子
一位圣母的居所毁了
有人说，她不敢再回头
看那母亲居住过的地方

那是因为深深的爱

圣母玛利亚

一个多么让人感动的名字

关于毁灭或消亡

相信真爱，不存在毁灭与消亡

是的，我们一直在苦苦地追求永恒

塞纳河上空飘荡的不只是烟尘

还有圣母玛利亚不灭的传说

此时，我想起了东方的圆明园

也是毁于一场大火

赛季

赛场像楚河汉界，硝烟四起
一场豪门恩怨
上帝垂爱谁
猎人追逐，饿狼反扑

神秘莫测的圣彼得堡之夜
欢笑一半，唏嘘一半

绿茵场如同白昼
燃烧吧，属于球迷的可爱七月
燃烧吧，属于足球英雄的夜晚

一些光辉的名字
将在今夜死去

一个时代结束了

代之以另一个强者的时代

这夜的天空

有星星陨灭

但仍很耀眼

因为会有更多的星星诞生

长途长句

一

列车拖着长长的时间冲碎沿路无法检点的影子
我们在对号入座的位置拼凑各自失去的光阴
我们伸着头探秘窗外下落不明的章节感受孤独的旅行
在绚烂至极的晚霞中驰过滚滚红尘
逾越高傲与谦卑

二

我背着行囊穿过广场的风雨
在检票设备上验明身份走向向上滑动的电梯
在月台听到呜呜呜呜的列车
由西向东缓慢靠近我即将移动的身体

在第九节车厢 3D 靠过道的座椅上
调至舒服的姿势听广播播报下一个站台时
错过了快速流过的村庄田园和飞翔的河道山峦

三

列车上的我们各不相识各安其位各自安好
他们读书看报看手机玩游戏我吃零食
无聊时在车厢来回走动看着电子屏上 200 公里的时速
合计着到达目的地的剩余时间时耸耸肩膀
嘴角闪过一丝无奈的苦笑

四

列车一路向南努力摆脱紧追其后的风雨
追赶远方孤岛的太阳时天渐渐暗下来
我想去寻找洒满月光的天空布满星星的城市
在面线糊的码头排档喝杯金色的啤酒
听海浪的指环叩拍爵士乐的声音

行山记

阳光，白云
满山苍翠，溪流潺潺
风摇树梢
亭子，忽隐忽现

北山绝壁，曾是采石之地
山体露出破绽
石块露出锋芒
我揪心于结痂之相

天地塑形于大美，它们久存于此
草木为裳
时间的雨水，会修补它们残损的躯体

而我总在辜负光阴

总在把虚境当成实境，把实境当作虚境

在身体里

藏着一幅残山剩水

又有什么能够修复？

石翁

他还是习惯性低着头

也许静默是他的选择

门前有几棵梧桐树

还有一条河

河里是否有鱼？

他只关注自藏的奇石

梧桐是否花开

他全然不知

他低着头沉思

“芝麻开门”

这是女娲石？

这是“宝玉石”

这是他自设的王国

我本想叫醒他

但他已入定

想必已出离了世间

进入了他的神秘地带

无法解释

我会有意避开一些平常的事物
有些忽明忽暗的人
回首时，他们都在……
助推着我肃穆的每一天

我无法逃避，那就读着他们
这些，嗡嗡嗡的声音
唐朝的，宋朝的，现在的
无休止地搅着我无厘头的肌体
它们消遣着我的精气

它们变异的躯体交融在黑白里
我无奈，我想努力逃离

我呻吟，蜷缩一团

我不想再作解释

既然无法避开

就让它来吧

这些无休止的回声

悼某个电影中的英雄

一个英雄上了天堂
有人在哭泣
显然，这悲伤者的眼泪
并非他的遗物

他离开了你的城市
有人在追忆
视频中那矫健的身姿
像一只飞鹤
他飞向了遥远的地方

他隔开了浮华的尘世
现在有足够的证明
他将获得永生

无畏的勇士啊
将永远与这座城市同在

愿牺牲自己
来捍卫国家与人民的人
是平凡的，也是耀眼的
而我们，座椅上的观众
与他并非只隔着一张银幕

上林秘色

上林，山脉连绵
瓷片像花叶，纷纷扬扬

阴刻的莲花，三脚的青蛙
八角的菱瓶
它们静默
发出久远的光亮

我捡一块碎瓷握在手中
它是前世，我们依据
法门寺的佐证
佛舍利与秘色的缘分
上林湖，一个超越时间
和生死的道场

静静的上林，山湖俊秀
曾经的淬火
像刚刚消融的青春
但岁月从未被折断

现在，我在默想
当湖水与瓷片融为一体
我们重新找回它的原始编码
是的，湖水不老
秘色依旧如当年

旧地重游

一

月亮醒着

洒落冷冷的光

一个醒着的影子在流浪

星斗空寂

像一些浮起来的心事

月光如此透明

不该有的那么多踯躅彷徨

二

这里并不陌生

我像月亮一样，走了，又来了

风景还在老地方

时光如梭，那时的夜晚也有风

也有朦胧的月色

掐指自问

不记得那年是何年

三

今我又偶然闯入旧地

借着月光，我绕过几座假山

爬上阴煞的城墙

没有兵卒

战马巨怪从河中直奔而上

四

此时，秋风在吹拂

那年的事，形迹模糊

往昔，只能捕风弄影

浅蓝色的月光有些忧郁

从前，已遮而不见

——哦，这样很好

你看这夜色

依然藏着往事粗重的呼吸

在虚设的时空里

一

天，在暗淡下来
暗淡的我，像浓缩的影子
一些迷茫，在抛向我

二

风云涌动，徘徊在大地上的我
被什么牵绊
是房子，车子
哦，还有孩子，妻子……

三

时光飞逝

我还剩下什么

我能留下什么

这个季节我收获颇多

但我迷茫

如何处理多出来的果实

四

哦，迷茫的往昔

我总留恋自己

那张名片上的你

那个擦肩而过的人
你是否记起一个忘了你的人

五

日月星辰
一场永续的游戏
存活在盛大的天空里
那么任性
那么赤裸裸
我落在无形的四时
任时光划过我倦怠的眼睑

六

落花有意，岁月无痕

你是否来过

当繁华过尽

你我方知，我们

皆活在虚无的时空里

期待已久

天空辽阔，云在远去
光闪着，在慢慢靠近
哦，这是寄予希望的日子

美是什么颜色？
蒙着头纱，戴着面具
你是否微笑？
那是该死的妖魔，现在
是时候要把它打败了

无数的恐惧
迫使我忘掉自由
也不再想欲望
我要揪心到什么时候

现在好了，看春风拂过

仿佛有人在歌唱

远处，光在扩大

我在祈求，阳光之神

我的希望之神，降临吧，降临！

日子

天要冷了，鸿雁又南飞

我不知不觉地入世，如果现在
我有意识要出世，但非我所愿

过日子，要蹚过门前的这条河流
彼岸，有我的美好生活

时光如白驹过隙
轮回里依旧是春花秋月
嗯，四时从不差分秒
它们在慢慢地经过我
纷扰着的日常

我们一路来去，一路修行

一个读不懂生活的人

怎能修行？

是的，一个放不下执念的人

怎能读懂一本正经？

问道

我们从悬崖的夹缝挤上来
周遭袅绕的云雾
山寨安然，静悄悄

山路崎岖，道阁空落
玉鼎，真人不知去向

我愣着……云海十万八千里
回头路陡峭突兀，风神出没

一道寒光顺着剑壁闪过
或许，这就是道
两千年前的无声智慧

堵车

这些车在我面前炫耀
它们叠在一起
嘶吼着，追尾在一起

他们左转弯，右转弯
驶入夕阳下的北屋
驶入等待他们的花园

太阳落在两旁的树梢
街市璀璨的地带
野狼般的风
正攀上沿路的白墙

此时，在我的头顶

几只鸟忘了归巢
是的，茫茫树丛
哪一处是它们的居住地

我落在哀怨者的背后
耸耸肩苦笑
伸了一下调皮的舌头
堵着车的路
像堵着闷气的心
一个着急的归人

吉祥鸟的声音

又听到你动人的声音
天空装满了你的欢乐
而我们笨弱的身体
无法抵达你自由的国度

我试图去理解你
仿佛只有在此时，才知道
欢乐与自由的存在
我也想着与你一起对歌

你一直在高歌祝福
看不见你悲伤的眼睛
你是上帝给予我们的礼物
是的，你是只吉祥鸟

这是天堂的国度
或许你的天空根本就没有灾难

你又在我房顶放声歌唱
仿佛在告诉我们
宽恕吧，世间所有的伤

消失者

我曾无数次地用力拨打
这个号码，毫无回应

我认识这个号码的主人
他像个溃败下来的逃兵
调频至他曾经占据的高地
乱石零落
破酒瓶在风中沉沦

那时的火焰已灭
回首的梦已经结痂成隐疾

我在想，惊扰我的不只是信号
不只是那个人，是他干涩的声音

哎，那个离开的人

是否可以把过去看作云淡风轻

信号消失了

而阴云的焰火还在持续

他依然在远方滑行，飘动

在深秋

如此深秋，似乎
在召回另一个春色

日子在往复的系统里
春长秋黄

时令又在回归
留白处，这些空枝
独等着的
不一定是那一场雪
或许是一只孤单的鸟

除夕

几近黄昏时，烟花缤纷

酒一杯接着一杯
今夕何夕，在世间

在烛光投影里
我双手合十，虔诚地上奏
我们渴望着，得福愿

记忆

头顶的彩云
只给了我一分钟的美好
站在十字路口的时候
我迷失了自己，时光面前
事物都在轮番作秀

我在郊外，那栋记忆中的房子
露出了脊骨状，或许
它不象征什么
只是对着我这双惋惜的眼睛

是的，我不止一次
为旧景的惨白而叹息
我知道原样不可再造

但我依然信仰

记忆中的旧样

消殒的光阴

我曾想珍藏流逝的光阴
所以留下一张与巨树的合影
我分阶段地打量自己
青春啊，怎能失去啊
可岁月无情
它带走了我们的过去
你看，树只剩下光秃的枝杈
我已佝偻不堪
如果你转身，向窗外望去
消殒的光阴里，已没有风
巨大的树冠上月亮寂静无声
而粗糙的树干中，仍有
垂直、喧嚣的河流
让我想起了我的热血
我的奔腾岁月

挽曲

我走到哪里了……

阳光又升起了
春天的花开了，又谢

一切如是偶然
一切又是必然

世界一望无垠
人生路，曲折漫长

沦落人，悲从中来
只因直面世界的尽头

夕阳时分

一

这个时候，我想起了

另一次的夕阳

光，穿过松林

那里几个金黄色的人

三言两语，那只鸟

飞向光的另一端

二

我独坐着

和无言的影子相对

此时的天空像蓝色的玻璃

我等待的视线里

希望有一片彩色的云朵

三

这里的建筑，让我

感觉是在异国醒来

站在这漾山江边

那荡漾的水面

有着泰晤士河的影子

四

在没有边缘的地平线上

房子一排连着一排
如今每个奔波流浪的人
都有了属于自己的住址

夕阳是我们的共有产物
但只属于那个寂寞凝视的人
嗯，这个人不是你
正是我自己

老去的日子

都说时间是一剂良药
无论风雨，还是喜悲
都随时光匆匆而去

都说岁月无常，然而每一段生命
都留下了可供追溯的隐秘轨迹

嗯，青春虽已耗尽
但我们的故事在老去的日子里
却越来越清晰、鲜明……

挽歌

秋风如刀，割过岁月
剩下愁思的部分
独自的日子
相伴于喧嚣的尘世
面对泛黄的草叶
我问苍茫大地谁最为古老
秋，忍不住地多咳了几声
天凉了，冷暖自知啊
我无法逃避季节
正像我无法逃出世俗
此时，天空辽阔
我不愿看见落叶
最后的结局
下一刻的世界

除了风霜，还会发生什么
这或许是我想要的季节
飒飒秋风
释解着我的所有不安
看，在飘过那阵最慢的风里的
最后的枝条上
住着你也住着我别样的悲喜……

一场雪

我想起多年以前的一场雪
雪像一只只跳舞的精灵
它们悄悄地把家乡铺成白色
继而，我的双眼
失去了辨识方向的能力
这是雪白的路
我是在寻找奔向远方的路
还是在寻找返回故乡的路

后记

一日前，我驱车驶过杭州湾跨海大桥，高大的索塔仿佛矗立在海中的巨人，36公里的长桥像他伸出的左臂右膀，一端伸向北岸一端伸向南岸。行驶至桥的合拢处，阳光破开云层，一束光直落而下，钻进我的车窗。忽然我就想到了诗和诗人。诗人就像立于大桥合拢处的巨大索塔，而他的思想就像大桥的臂膀伸向两岸浮生的风景与大海汹涌的波涛。我理解的诗人就是如此，他有着索塔一样的身躯和大桥一样的臂膀。而诗的灵感就像那穿云而落的光，转而融入他丰富的思想。那些顺着他臂膀延伸至苍茫处的事物，你看见或者你看不见的皆是诗的佐料。

也许在诗人眼里，世界之外另有一个诗化的世界。天地辽阔沉默不语，而诗者把它化作言说。从某种意义上说，诗人的责任是在为某种无语本身代言。

我的诗于无形处成形，起初只是一个小点，进而放大、扩展。我不逃避我的无病呻吟，我也不讳言我的无事生非。没错，我是个地道的忧愁客，我想一个诗人就该如此：或者杞人忧天，或者悲天悯人。我是脆弱的人吗，但我并不软弱。有点孤僻吧，还好我不算很孤傲！我确像个矛盾细胞的组合体！

都说诗人崇高，但我还称不上真正的诗人，离诗人的境界还很遥远。我应该只是个单纯的习诗者而已，我写诗是因为我对我的世界，包括对别人的世界有着太多太多的疑虑。对我来说，写诗的意义，或许只为这纷扰的人世与这稍纵即逝的光阴用足自己的一往深情。写诗如此多年，我很惭愧迄今仍没写出让自己满意的作品。每当读国内外许多诗人的好诗，才知道我的诗有多么的不好。

知道什么是好诗，但自己却写不出，这是为什么呢？有一天我突然意识到我为什么写不好诗了，应该是一个人的天赋所限。比如有人天生适合跳高，轻而易举可以越过2米，稍加努力，就可以跳得更高。而有人无论怎么努力，却连1米都跳不过。写诗也一样，无论你如何努力，只能跳1米的人通过努力跳到2米已经到顶了，他不可能跳得更高。我就是跳1米高的那个人。这是一个习诗者的硬伤，天赋局限了我的想象力，因此我自知所短，所以不与人比，我只按自己的高度而求索——像只麻雀没什么不好吧，如果叫我做只惊涛骇浪里飞翔的海燕，或许我真的不会太适应。

作为一个在红尘中为稻粮谋的俗人，我没有大诗人的大境界，我写不出让人高山仰止的诗。我不是骏马，所以我无以行至千里之外的远方；我不是海燕，所以也不可能飞过万里重洋。这样也好，我写自己的小诗，读人家的好诗，继续在自己喜欢的地下室读着、写着。嗯，我爱着我独自一人的诗生活，任凭世间风云变幻，只愿我为之沉浸的诗国无恙。很欣慰，已出版三本诗集，另又整理了四本打算出版，若您读到，请您不吝指正。

2023年3月于慈溪伊顿庄园